D1994339

M

Worüber man nicht reden kann, darüber will man schreiben. Eine freigesetzte Sprache braucht sich weder in ihrem Delirium noch in ihrem Kalkül durch logische Wahrheitstafeln auf die Füße steigen zu lassen. Und auch der lyrische Sprachkörper selbst will seinen logischen Dreck, den er sich auf den dichten Spielwiesen der Sprache holt, nicht an WFF und FWF und WWF also Wahr Wahr Falsch abputzen!
Hier redet einer nicht um seine Existenzialien oder das Tränendrüsenaxiom herum, kein Aktuelles stört mehr den sinndevianten Fluß, also den Spaß. Jawohl, fristlos entlassene Linguistik! Gefeuert! Und statt dessen geschöpfter Redesaft: Ironisches, burleskes Erntedankfest nach der großen Realienkunde des Ernsthaften. Das Gedicht ruft nach poetischen Botenstoffen und die Hysterie des Bedeutenden kann sich endlich im Komischen entladen. Richtig richtig falsch sind in der lyrischen Redeweise keine Botenstoffe mehr. Lockende Botenstoffe sind nun autonome Gebilde, die sich selbst erschreiben.

Josef Schweikhardt, geboren 1949 in Wien, lebt als freier Kunstexekutor in Wien.
Im Passagen Verlag bereits erschienen: ZeroKörper (1997) und Triebwerk Arkadien (1999), jeweils zusammen mit Vintila Ivanceanu.

RICHTIG RICHTIG FALSCH

PASSAGEN LITERATUR

Josef Schweikhardt
richtig richtig falsch
Gedichte. 5 Grafiken

Passagen Verlag

Deutsche Erstausgabe

Gedruckt mit freundlicher Unterstützung des Kulturamtes der Stadt Wien, MA 7, des Amtes der Niederösterreichischen Landesregierung sowie des Bundeskanzleramtes

.KUNST
bundeskanzleramt

Die Deutsche Bibliothek - CIP-Einheitsaufnahme

Schweikhardt, Josef:
richtig richtig falsch : Gedichte. 5 Grafiken
/ Josef Schweikhardt.
- Dt. Erstausg. - Wien : Passagen-Verl., 2000
(Passagen Literatur)
ISBN 3-85165-442-0

Alle Rechte vorbehalten
ISBN 3-85165-442-0
© 2000 by Passagen Verlag Ges. m. b. H., Wien
Graphisches Konzept: Gregor Eichinger
Umschlaggestaltung: Anna Meyer
Druck: Manz Crossmedia GmbH & Co KG, 1051 Wien

inhalt

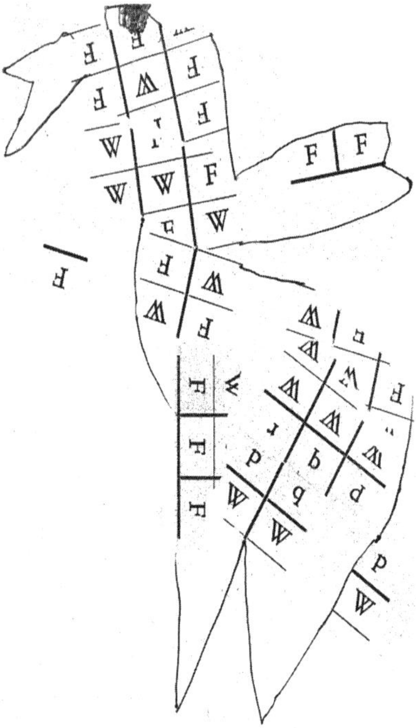

I. richtig reisen

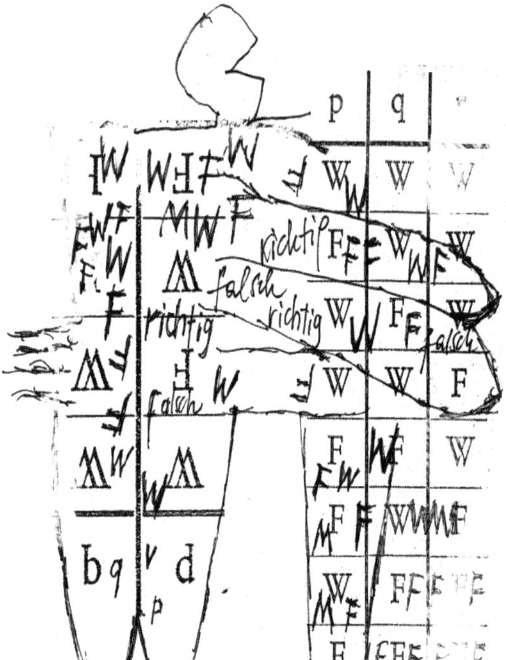
p
q
richtig
falsch
richtig
richtig
falsch
falsch

globus

runder als je zuvor
jagen einander scheibe und kugel
wir hocken auf den gefalteten händen
unserer erdteile
wir reiten auf den pustewinden
von äquator zu oquätor
und unter uns
der krumme galilei
im ptolemäischen rausch

new york new york

nvcklae+g   wrvASFvm3oör
?=Q“$(%&!%!“$/
mcnvbeuivbln
–:C;VNALG?“$%&
x.c,üplfvmqoekv

new york new york

äöaDJGÖRLGKÄD^
Ä***“*!“*
–:;:M–:;M–:;–:;M–:;

NEW YORK NEW YORK

,.<yvm<yvb,nvb<ymvn<y
woiutqwiuqwotz
######??))&%$hghhghghg
nbnbnbnbnbnbnb

new york new york

buchstab wanderstab

sag mir ein gedicht
mit drei buchstaben

ich weiß es nicht

wo blüht es
wo geht es
wo tönt es

ich weiß es nicht mehr

und wohin geht seine reise

ich weiß es noch nicht

es sitzt auf seinen drei buchstaben
ein gedocht in der wüste
ein gedachtes am straßenrand

geh dicht
hinter mir vor mir neben und in mir

windjammer

der wind
hat mir mein glied verweht

matrose träumt von moby dick

die kehle
sehnt sich nach dem hafen

wo pussy bär den gin serviert

doch hier
zweitausend meilen unterm meer
bei käptn kirk douglas
ist es rochenstill

der wind
hat mir dies lied verwehrt

doppelgänger

da geht er hin
da kommt er her
mit dem fliegenden frackschoß der worte

ich kenne ihn gut
den gehirnkämmerer
er läßt stets grüßen

siamesische schritte
schattenheirat
spiegelgefecht

er bewohnt meine schuhe
er teilt meinen wadenkrampf

singt in meinem mund
fliegt in meinem schritt

mitläufer in der spur
am gipfel am abgrund

showdown

ein haufen pulverisierter fäuste
und der ekel endloser sanftheit
der uns die kieferladen spannt
und beim zusammenbeissen
die zähne süßt

zwölf uhr mittach
coops nagt an seiner schönen lippe
zinnemann wirft schatten lang

gemeinsam ziehen uns die augenbrauen
zu boden
wut läßt zunge ausklappen
und uns nach vorne fallen
coltsübel
augenwasser schlägt unsre füße
geifer würgt den hals

so als bündel von innen nach außen
kollabieren wir gemeinsam
und daran geknüpfte schreie
reissen uns wieder empor

ich zog schneller

globetrott

reisen ohne anzukommen mag ich
sagen die gummischuhe
und quietschen landauf und landab

fliegen ohne abzustürzen wünsch ich mir
sagt der rucksack huckepack

die erde ist ziemlich rund
und die schwerkraft von guten eltern

hallo wanderer kommst du nach
vergiß

woher kommen wir
aus dem ei der ruhelosen

was sind wir
couragierte landstörzer

wohin gehen wir
immer der nase lang von cyrano nach bergerac

die weite welt blökt um ihre entdeckung

landleben

es verschwinden die wiesen
im maul der kuh

es verschwindet die landschaft
im auge des adlers

es verschwindet der boden
in den hufen der pferde

doch eines tages

wächst himmel aus dem horn der kuh
wächst sommer aus der adlerfeder
wächst blitz aus der mähne

und aus dem augenschlitz der katze
fallen sonne und nacht

du mit dem gummischuh

gehen ging gegangen
mit dem ellenbogen mit der ferse
richtig richtig falsch
treppauf treppab
mit der hüfte mit der stirn

aber diese schritte mit dem gummischuh
aber diese schritte mit dem lederschuh
aber diese schritte mit dem barfuß asphaltkuß

hingegangen fortgegangen
einmal im marschschritt
einmal gezappelt
zickzack und geometrie
jonathan flinkfuß
johannes federleicht

doch mit dem gummischuh ist kein staat zu machen

segne den schuster und pfleg deinen huf

jahreszeiten I

der schrammel packt die geigen ein
die veilchen schlagen aus
im prater blüht der narrische kastanienbaum
und legt mit seiner blüte
die museen in schutt und asche

der schneemann am kalvarienberg
ist bereits mit seiner karotte erdolcht
die kinder werfen ostereier
nach lipizza

so geht es
sagt der bademeister gestreift
und seufzt sich ein viertel vom bauch
der lanner packt die badehose ein
und geht

leise flehen meine augenlider
um herbstzeitlosen
und der geruch vom wienerwald
zerschellt am ersten frost

das christkind kriecht
in seinen weißen flausch
und wird zum gott der bärte aller bärte
leb kuchen wohl
dem strauß dem friert die geige

jahreszeiten II

lieber mai
und mache
den juni wieder schön
dein wetter
ist die sache
die mit und und ohne föhn
mir juli und august
ans herz drückt
an die brust
nur daß ich dann nicht lache
wenn hitze mich erdrückt
und der september
ohne zweifel
den reim ins wasser fallen läßt
geschüttelt wohl
allein mir fehlt die laube
in der ich dieses wetter pflege
bevor ich mich
als frost verkleidet
zur winterruhe lege
und träume
daß ich dieses gedicht
wegen sommerschlußverkauf
versäume

jahreszeiten III

der winter ist schneemann
steckt karotte in kalte kristalle
läßt unterm blechhut drei könige tanzen
dann kommen hunde und heben bein
swird frühling
swird schon
dkinder setzen ihm hasenohr auf
dkinder wollen maibaum in der hose
aus bunten eiern schlüpft die dralle maid
die sense schwingt im korn
und an den feldern klatscht der mohn
verwaiste ruderleibchen zirpen in den wasserwinden
sommer sagt der bauer
und wischt sich dmilch in den schurz
ausflügler stecken sich gurken in den mund
swird schon
juli august und september
dwälder sind rot swild verfärbt sich in der pfanne
jäger laß knallen obst falle reif
der herbst ist ein strohmann
den bäumen gehen die haare aus
und der großvater steckt seine nase in die tuchent
dflocken klingeln
swird schon
vorm fenster steht frau holle
und pfeift ein lied
welches?

sherlock holmes im wienerwald

eine herbstwanderung im bunten
und kein gedanke am horizont
das ist sein wunsch
im jahre des herrn im jahr der frau
warum nicht österreich warum nicht wienerwald
das sagt sich sherlock holmes
und reitet auf seiner pfeife
hinein in den lainzer tiergarten

warum schon wieder
hör ich artmann sagen
warum denn mein meister
sagt watson im wunderland
wie auch immer

still ist die glasige luft
und kein rätsel räkelt sich an den waldesrändern
in den wiesen lila die herbzeitlosen
vorsicht
schon nähert sich der englische schatten
und grübelt
da stirbt der sommer vergiftet
und holmes schließt seine detektei
alles klar sagt sein londoner büro
ein fall für den blumenanwalt

herr holmes, wir danken
ich bitte sie, sagt der pensionist
und hüllt sich in karo
wenn der winter erfriert
so rufen sie mich an
meine schneekanzlei steht ihnen zur verfügung
alle zeit, pfiat god.

frühling I

frühling frühfrühlang
es küßt dich die birkenwurst
es küßt dich die maulwurfschnauze
marienwürmer besingen dich
gemüse zieht die grünen hosen an

die samen fliegen tief
wir halten den sturmhut
es rauscht und bauscht
der wind haust im kompost

und fäulnis hebt die faust
zum gruß

frühling II

in diesem frühjahr
ist an mir
der kelch des bärlauch vorübergegangen
zu schnell schoß der knoblauchspinat
ins kraut und blühte
oder bin ich von der langsamkeit entdeckt worden
und habe ihn siehe oben
mit den maiglöckchenblättern verwechselt
dann wartet der tod
ich habe ein schlechtes gewissen
wohlstandstrottelkind
ganz wien ernährte sich nach dem krieg
von knobärlauch
sagt meine mutter die gute pute
schmeckt gut und ist gesund
vergiß ihn nicht
niemals
er kostet nichts als zeit
jetzt nickt der wienerwald mir mürrisch zu
und am naschmarkt steigen die preise
die spinatbörse ist gesprengt
und ich hab meinen schwarzen bärlauchfreitag
und sitze auf einem berg von blattspinat
und broccoli und spargel
und weine in den löwenzahn kannitverstan

der berg ruft

ruft und ruft
sanft und leise und verlockend
und sehr unbekannt und unbegangen
und keiner kommt
gottseidank, so der enzian.

der berg
kreischt und brüllt
in allen gefahrenzonen
und auf der extremskala
schlagen die steigeisen aus
ja, da kommen sie alle,
die klettermaxen.

wer ruft mich?
ach, der berg.
bin ich taub oder faul?
lodenbeknackt?
freudig berucksackt
aber müde?
gebt mir ein hörrohr für die alp!

der berg der gute
er krächzt am gipfelkreuz
sehr bemüht
er jodelt in den lichtungen
hoffnungsfroh

er salbadert in den bächen
flüstert in den himmelsschlüsseln
und läßt die wolken
mit einer guten brise aushauchen

sehe ich den berg?
oder schaut er mich an
und sagt sich: bleib unten!
bin ich blind
oder zieht es mich tatsächlich
ohne vorsicht hinauf und hinan
bis mir die luft ausgeht
in lunge und aug

der berg ruft nur mich
er redet mir gut zu und ab

ohne frage folge ich seiner stille
ohne antwort steige ich wieder herab
und lasse ihn rufen
nach den anderen strammen stummen waden

schrei mir pilze an den hang, sage ich,
gurgel eine schlucht herbei
wasser und schatten und moos

laß den ruf nach seilbahn
laß das tunnelröhren und liftgeflüster

pfeif dir den ruf fort

alles im wunderland

vom meer verweht sind wind und wetter
der gentleman muß alles tragen
und trägt ein mädchen auf den schultern
von noah verhöhnt
von rettern verlassen
und trägt ein mädchen auf den schultern

ozean du ungeheuer
wo bleiben drei männer im boot
gottfather gottsonn und der heilige gast
der gentleman muß alles tragen
schuld und sühne wind und wetter
und keiner näht ihm einen lederstrumpf

und so trägt er sein heimchen zum herd
denn gentleman muß alice tragen
die letzte rose gilt dem robinson
und hinterm spiegel grinst der greise grüne
von abel verlacht
von kain verflucht

von kind und ketten ist der gentleman verweht
er trägt sein christopf auf den schultern
und hinz und kunz ertrinken in der sinnflut
er aber haust an ihrem herd
alice hat sich befreit von seiner taube
an ihrem kreuz labt sich der gentleman
alice allah aloahé

die schönen der nacht

gürtel gürtel gemma gürtel entlang
enger schnallen
stehn schon gehn schon
aufrecht taschelraschel
na du phallodri
fahr zur weibteuffelhöll
wie wärs mit einem schaffnerstündchen
sprachs schenkeldipenkel
die blasmusikverheulte aschphaltblonde
mit der ledatasche
für zu leicht befunden
verspalt dich ins hausenhosentor
hoch hosen runter
niemals hotel nicht plüsch plunder ploria
gefährlich die mutze futze
mit ihrem augenaufschlagring
frustrattoire
penipsychovulvanie
kauf mir mein käutzchen ab
im konzert der organe
mutti urmutti urmutzi urmutzenbacher
eva evi evita dolorosa
ich bins der urknall
der urspalt erhöre mich urmitzi
ich bins dein evi dein adam
dein feminini uradam
johanna piep matz urmatzenbuchtel
fett um den gürtel

da quillts in der quellenstraße
mariahilf urmaryhelpersdorf
in jeder richtung hat sie mundmodelle
in jedem welteck quillt der wind aus der kombüste
weltumsegel kapitain und merk die tittowierung
und glaub matrose ans garn

lied von der absteige

ich weiß auf der wieden ein kleines hotel
so tust du es immer wieden
für wien wie es weint wie es lacht
in einem verschwiegenen gässchen
bei tag und noch mehr bei der nacht
was machst du dir sorgen was morgen ist
so tust du es immer wieden
grüß mir die süßen die reizenden
frauen im schönen wien
die welt hat nur sonne und lieder
grüß mir die augen
da kenn ich mich aus
grüß mir die donau
grüß mir die heimlichen
grüß mir mein singendes
da kenn ich mich aus
mein kleines comtesschen
die nacht ist so kurz bei tag
und noch mehr bei der nacht
die lachenden blauen des abends
und heimwärts
so tust du es immer widder
verküßt nacht eine einmal du hast und
weiß ich wien du

spezielle wiener himmelsmechanik

blick durch das austrolabium
milchstraße abwärts
kaiser kommen und gehen
die hurizonte bleiben rosig
die gegenwart zukünftelt nicht herum
lullte history ein
blieb evigleich
und schießt nur gelegentlich gedankenblitze zum bezirk
bezirkmeinnicht

das himmelsgestirb hat seine
urknalleigene mechanika
braucht radetzky den urknall?
braucht der urknall metternich?
mett nichten

bey schlaf

chchchchchchchch
servus fleisch

ich bins dein angebetteter spund
der vater überm muttermund
meine duette königunde
hirnallerliebste frouwe mein
heut bist du körnigin mit hallalulla

evulva du kriech aus dem schlamm
schwing dich von ast zu ist
aus dem urwild ins savanna rolling steppengras
entwackle dich aus primitierster ursupp
quer durchs karbonari ins saurieu
hinei ins altitum
jetzt dann also bist göttin
fettfuttige doppelbrunst
händisch am stierhorn
hirschtalg in der laberfalt
höhle frau holle
hunting huries
funny furies

verbahlhorne mich reimgeschwängert
muse meia

stadtplan

aberhamstraße adonisweg agricolagasse albener
hafenzufahrtsstraße
albrechtsrampe allerheiligenplatz alois kraus
promenade alt wiener weg
ameisbachzeile am gänsehäufel am satzberg am
schierlingsgrund
an den langen lüssen anfanggasse annichweg
argonautenstraße
lüssen
schierling
argonauten
bachofengasse bäckersteig badhausstiege bahnlände
bärenmühlendurchgang
balsaminengasse baumschulweg biberhaufen
börseplatz brambillagasse
bruckhaufen calafattiplatz cervantesgasse
chamissogasse czerninpassage
dammhaufen daphneweg dianabadufer
dirmhirngasse donatelloweg dorotheer gasse
eddagasse eichelhofweg eichendorffstraße
einsiedeleigasse erdberger lände eschenallee esel-
stiege eselstiege eselstiege
calafatti lafatti fatti
fasangarten fiakerplatz fickerstraße fingerhutweg
finsterbuschgasse fischerstrand fleischmarkt
fluchtgasse forstmeistergasse jawohl jawoll franzosen-
graben franzjosefskai frauenschuhweg

freudenau freyung froschlacken fuchsenfeld
fuhrgassel
fickerfingerhutfinsterbuschfleischmarktfrauenschuhfuhr
geiselberg am gestade im gestockert gleichausstraße
goldemundweg graben grasmückenweg griechengasse
grimmelshausengasse gumpendorfergürtel
gagagagagasse
gestockert
gumpen
haarhof haarhof haarhof hackinger kai
haidequerstraßen hameau hasensprung havannaweg
heidenschuß herzweg himmelhof hirnschallplatz am
hohen markt hubertusdamm huschweg
haar haasen hirnschall
igelsteig im gereute immaculataplatz im winkel
invalidenstraße jägermais zufahrt johann nepomuk
berger platz johann nepomuk vogel platz josefs weg
ich ich ich jungherrensteig dudududu kaasgraben
kaffeeweg kafkastraße kaiserallee kalksburg kaiser
kalksburg kanal kapaungraben karschmarschgasse
kasinopark knödelhütte kohlmarkt königskerzenweg
kopfgasse krapfenwaldl krieau kühfüßgasse kuh-
schellen weg küniglberg laaer berg ladenburghöhe
lange gasse laplacegasse lobau lokomotivgasse
liechtensteinstraße malfattisteig
kalkskarschmarschkanalkaiserkopfkrapfen
malfatti fatti
manowardagasse mariensteig maternaweg mauer

meidling meyerbeergasse migazziplatz mölker bastei
nabuccogasse nestroyweg nietzscheplatz

nymphengasse hört hört obeliskenweg ochsenkopfweg
oleandergasse operngasse pacassistraße parkring
paulusplatz perfektastraße paffenaugasse pfeiferlände
praterspitz predigtstuhl quadenstraße quittenweg
rahlstiege recht wienzeile regattaweg rennweg
rennweg rennweg
ried tiefau
tief
tief
tief
rigolettogasse ringstraße rosenlukken rotdornallee
saarplatz salmannsdorfer höhe samtblumenweg sankt
veitgasse veits veits sattlergasse säulenhaufen
schafberg schafberg ja ja schanzelufer schatzlsteig
scheibenwiesen schießerruhe schiffamtsufer
schillerplatz schlachthammerstraße bum
schotterfeldweg schüttau schweizerhof seeschlacht-
graben siebenhirten spiegelgrund pause pause pause
stoß im himmel seufz
taminoweg
tiefer
tiefer
tiefer
tiefer graben töllerschanze twarochgasse unterlaa
utopiaweg ja wohin wohl valentingasse hut ab
wagnerplatz hojotohoo weidlingau
wittgensteingasse p v q wolf in der au yppengasse
zahnradbahnstraße zerbinettaweg zirkusgasse zornweg
zirkus
zorn

II. richtig gesund

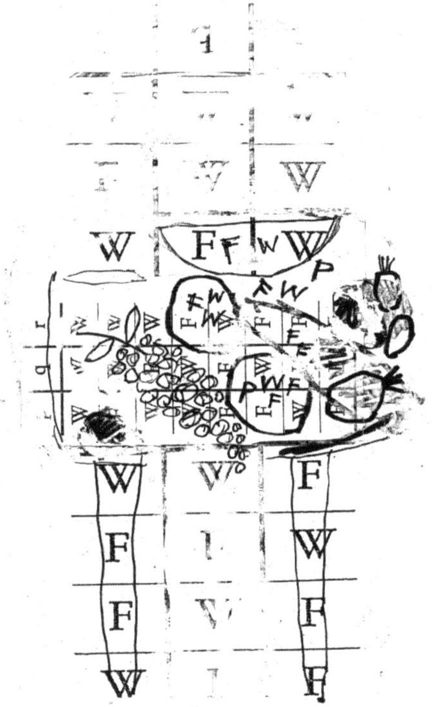

guten morgen

morgensteif hat gold im schweif
mit diesem verträumten satz im kopf
erwacht mein körpergeist und
äugt nebenan neben sich
auf zwei atmende monde
und zwei stille warme großmelonen
alle vier weiblich

zur sache kamerad
sagt der wachsame morgen
männlich mannsbildhaft
und läßt seinen unterleib krähen
und schon verrichtet der bursche
hoch aufgezäumt
seine arbeit als frühes pferd

gold an fenster und himmel
glühende bettdecken brennende polster
die feuerwehr keucht unterm schlauch
die fohlen schlagen aus
der tag galoppiert in seine erste runde
und bereitet für den stabhochsprung
die latte vor

volks-obstblamagen / O-variante

apfel
fall nicht weit vom birnbaum

sonst wird dich
der jäger holen

sonst wird dich
der stamm versohlen

sonst hat dich
der ärger stolen

sonst wird dich
der heger holen

mit dem obstgewehr

obstblamagen I

ich
träger der goldenen kiwi
sage mango
mango allen die mich mögen
mango allen die mich gewählt haben
mango den vertrauten
die mir ihr vertrauben geschenkt

ich werde
die zukunft nicht enträuschen
so wie ich die vergangenheit
nicht entrauscht habe

ich überlasse es
maracuja heute
so wie ich es gestern lychee
überlassen habe

alle wege führen finster in die dose

kein sirup schmeckt uns
kein stengel würzt uns

dennoch bin und bleib ich der ich bin
ob träger
oder getragener

ob traber
oder trebener

wir halten fest zusamm
und die gerbsäure sei uns gnädig

obstblamagen II

aus einem garten munderwild
stahl ich einst
kompotte bei vollmond

kein zaun zu hoch
kein dung zu stank

hinauf in die wipfel
von kirsche zu kirsche
und stand an der weichsel
geschunden vom kernobst
glücklich und unbesiegt

stand dem obersten gärtner gegenüber
schreber McNirwana
der aus den wolken kam
mit blauer schürzenfaust
und die leviten las
spalte für spalte
bis die butte voll war

obstblamagen III

kernlos
in dieser welt der trauben
geschält
und geviertelt gevierteilt

ohne gnade
rufe ich den schöpfer der stilleben
bananarama
verhülle meinen stengel
mit fruchtfleisch

gib mir die sonore konkubirne

erlöse den duft
von seiner eipeldauerschwere

und presse zum saft
was du
nicht lassen kannst

in kalau sind die nächte lang-obstblamagen IV

für einen kilo heidelbeer
zeig ich meine hirnbeeren her

für ein kilogramm zwetschken
laß ich mir pflaumenmus reimen

für ein dutzend blutorangen
dutzt der utan orang bluter

kirschen aus des nachbars garten
nicht die weichen noch die harten
nicht die zeichen doch die zarten

wem obst will die rechte brunft erweisen
den schickt es in die marmelude

unreif
wer ein pfirsich werden will

auf reben
folgt sonnenreim

diätetik

herrfrau
sie haben einen schwimmreifen
bauch busen oder
und ein schweres fahrgestell
das spannt
gut sag ich mayerkur semmel und milch
gewichtheben trennkost
pritkin eier hollywood sesamkerne
reisen in ein vollkornland

der doktor hay der läßt mich grüßen
das süße ist mir fremdwort
das saure köder

jetzt ist der reifen platt
der gürtel schlottert
die landvermesser melden meinen schatten

die bienen grüßen kaum
ich hüpfe unbeleibt von baum zu baum

und küsse den saum der erde
auf daß sie auch als mutter schlanker werde

la danza trance

schön ist es das bein als tanzbein zu schwingen
bei einer pizzicazzo polka
und noch schöner die grausame hüfte beim tango ratamm
als tischbein ist es auch nicht schlecht
auf allen vieren den tellern unter die röcke zu sehen
noch besser aber eine hüftverrenkung
im bett oder am hackbrett mit einem schrei

bein sein beisammen sein
und dazwischen sein fizzicazzo herauspolken
und sein fischbein versteifen
in den hemdkrägen der kellnerinnen
und den tellnern die böcke in ihren hufen versenken
mit einem schrei

und eins zwei drei eins zwei drei
darumm darumm darummtummtumm
hosen gefletscht einwärts dahingesegelt
übers parkett geflogen den parcours gevögelt
ja die nummer eins zweins und dreins gewinnt
und dann gewonnen zerronnen
die beine ein fruchtiger klondike
komm her ballerina und schrei

gesunde liebe, rezept

eine zeile für deine rosenblätter ein zungenschlag für deine fußsohlen ein rotes wort für deine lippen deine fingernägel deine zehen und wieder eine zeile allen deinen kerben den gruben und senken wangen und waden ihnen allen einen gruß

sätze deinen rücken hinauf wirbel um wirbel bis in den nacken hinein in das haar hinein in das haar hinein in das haar hinein in das haar hinein in das haar hinein in das haar hinein in das haar hinein in das haar hinein in das haar hinein hinein

und punkte auf deine brust buchstaben in deinen hintern fragezeichen in den mund was tut der schrei auf der augenbraue beistriche in die vagina rufzeichen unter die achseln kurz ein mundwinkelmaß und einen doppelpunkt in den nabel

klaviere für deine rippen eine sprungschanze den hüften und auf der nase ein i *das heraklitische bad*

und aber wo oder wie
frage ich
und wozu auch weshalb

ja wohin und woher
frage ich
und auch warum und wie oft

und da kommt schon das ding daher
mit einem satz
ungesagt ungefragt
reitet die welt
rettet die welt
reitet den anfall
rettet den wasserfall
reitet den unfall
rettet den fall der fälle
und alles was abfall ist

ding festgemacht
trinkfest gelacht
richtig dingfest gemalt
den gleichstrom der zeit
den wechselstrom der geschichte
und hinein mit uns !

hinein in den bodensatz
die bodenschätze hindurch
silber eingestiegen
gold herausgekrochen
blech durchschwommen
rost geduscht

egal wo und wie
und wozu auch weshalb
wohin und woher und worüber wie oft
und da kommt schon der satz
auf dem fischkutter auf der gondel auf der titanic
ungesagt ungefragt
und nimmt ein allerletztes bad

getränkel

das bier hat mir
zur nacht ein lied erzählt
verloren sind hopfen und malz

der schnaps hat mir
im rausch ein ei gelegt
vergoren sind topfen und salz

kaffee hat mir
ganz schwarz ins ohr gequält
zähl sud und stunden

der tee hat dann
ganz grün von sich erzählt
und mich ertränkt

der wein hat
sausen lassen alle sinne

und nur das wasser
wasser mein
wässert mich für immer ein

und sagt nichts mehr

ein heldenleben

vitamin c flüssig
citrone zähtrone
ein echter citrusker

gegen verkühlung verkältung
bin ich
ganz pommeranz

der virus bering könnt ich sein
bei dieser kur

und eß ich nicht
die gruftigen schalen
bleib ich jung und blümerant

kitsch ist gesund

der sonnenuntergang fickt sich ins knie
und leckt sich am arsch
der gartenzwerg pißt sich die hosen voll
und rotzt in den garten
die hirsche röhren sich ins fell
und spucken die förster nieder
die häkeldecken scheissen die wohnzimmer voll
und kotzen dazu
die blumentapeten spritzen über den ehebetten ab
der nippes nippes läßt in jeder vitrine
die muskel spielen
das familiensilber furzt die generationen vom teller
der kronleuchter heult millionen tränen
auf die teppiche
die porzellanfiguren rülpsen die kaminsimse
aus dem haus
die plüschpolster husten sich den fernsehschleim
von der seele
die goldrahmen erbrechen die pusteln des salons
die vorhänge kleben den tüll ins blut der bewohner
die pendeluhr schlägt stündlich alle schädel ein
die fassade schläft den schlaf der gerechten

bey tisch

das weiche hirschgeweih der mundkochbuchautoren
verrät dir löffel aus dem sack alles
über den abschlund dieser kuttelepoche
pro kopf pro kapaun
samt veilchensaft und ochs vom kalb

eingemachte pomeranzenblüten trocken eingemacht
kohlbrokeln mit lämmernen carmenadeln
wildbrät eingemachtes faschirte eyer linsen mit
hechtwürsteln schildkrotten geselchte hausensuppe
von alten hühnern mit hirneuterl
boeuf à la mode faischirrte repphühner flamirtes koch

suppen mit speckknödel rindfleisch mit semmelkren
sippen mit spucknen rundfleisch mit simmelkrödel
schlögerl ochsenfleisch habernudel mandelkren
haberflögel schlochsenkern kaiserhedschebedsch
gefrorene rosen
kaltes kaiserschlögel nudelfleisch mit habermandel
heul tier im sagesfranz kipfl

hirschhorngallerte zugemüß
gebretzelte mittelklass
hausbuch nützlich leckermaulpertsch

der ritter vom rackett

tenez
nehmen Sie den jeu de paume
und werfen Sie lawine zurück ins ballhaus
gegrüßt sei die weiße kugel im netz
tenetz

monde fliegen übers spielfeld
dann schlägt die sonne auf
und zeigt schenkel
ein schönes game sagt karl der neunte

den arsch versohlen aber
sollte man karl dem dritten
der das tennisspiel verbot
weil es nicht zur selbstwehr taugte
pfui
im jenseits möge er kugelscheiben

wir aber
glückliche matchtiger auf hartem platz
weißstrahlende schläger mit drall und drive
erhabene splitstepper slicer twister und kicker
geschäftige backhändler
erotische bihänder im gemischten doppel
singeldingles
brüllen einstand

so geht ein schnittball übers land
der topspin lobt

der volley stoppt
und es ist time to break

der letzte pfiff prallt auf den roten sand
der ball fliegt heim nach wimbledon
grundlinien atmen auf
wir haben unsre schuldigkeit getan
fürs firmament
schneeweißchen ohne rosenrot

tanz I

man beachte den traumtänzer
er schwebt flügelfrei
sein haar umfliegt ihn
seine füße kennt er nicht
seinen atem will er nicht

man beachte den traumtänzer
keine wolke an der stirn
kein lippenkniff kein perlenschweiß
denn messers schneide ist sein seil
und in den hosen haust das od

man beachte den traumtänzer
er rennt über die gräber
über den hall von echo zu echo
mit licht in der nase
mit nacht in den augen
und folgt
aus freien stücken
mit schwereloser zunge

tanz II
(allen tanzschulen allen)

A	B
knaben flegeln mädchen rekeln	–feststellung
wo bleibt confirmissimo	
die haltung	–frage
im fußverkehr der geschlechter	–beschreibung
knall das gelenk rekrutissimo	–aufforderung
ins hochgespann der	
verschluckten stöcke	–ortsangabe
zeig das geheime uhrwerk	
deiner kniekehlen	–ratschlag
hiss die konvergenz der schenkel	–vorschlag
küß die elastische form	–befehl
adrenalin adrenalin	–erklärung

laß dich jagen denn dein fliehen ist darauf berechnet
eingeholt zu werden

korso der superalten

fröhlich promenieren sie
die langsamkeit für ihr privileg haltend
nebeneinander her

und ziehen hinter sich
die schleimspur ihrer unermeßlichen vergangenheit
und den angstschweiß der meßbaren vergänglichkeit

was gibt es nicht alles zu erzählen
was alles gibt es nicht zu erzählen

wer noch alle ohren hat
kann das alles noch hören

250 jahre oder mehr ziehen so
ineinander verschränkt
paarweise und im trippel
vorüber und vorbei

methusalem höchst persönlich
droht mit der krüke
richtung zukunft

dort aber steht eine dicke wand
und gibt ohne rührung
das echo zurück

der kleine große schlaf

müde werd ich
lieg im blut
schließe meine augen gut

müde war ich
ging zur ruh
schloß auch meine ohren zu

müde bin ich
lieg nun fest
meinen schnabel zugepreßt

müde müde
schlaf ich nun
ein verrücktes totes huhn

III. falsch verstanden

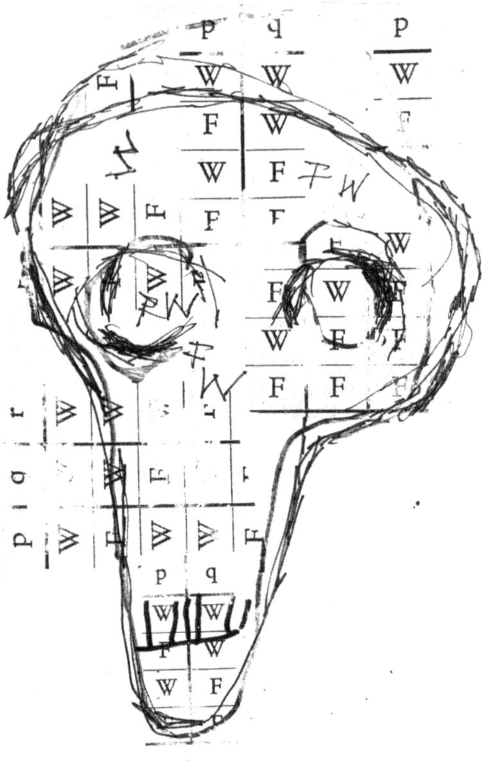

es ist einmal

es ist einmal ein zeichen
in der ursuppe
und hat den urknall gut überstanden

freut sich zeichen zu sein
und teilt sich
in bezeichnendes und bezeichnetes

kriecht in das blut aller
und gründet im verein mit flora & fauna
das institut der signale

wächst
und wird ein großes icon
und semant und syntact
bläht zungen und gemüter
und sagt kunstkunst

die kunst selbst
müde aller suppen und knallereien
teilt sich in gewebe und gewerbe
anti und meta
und steigt in uns hoch

und gründet im verein handel & wandel

die zeichenhöhle
den zeichenpfahl
das zeichendorf
die zeichenburg
das zeichenschloß
das zeichenzinshaus
die zeichenstadt
das zeichenkaufhaus
den zeichenturm
die zeichenheere
den zeichenkrieg

monarchie der einszeichen
demokratie der mehrzeichen
plebiszit der nullzeichen
revolte der gegenzeichen
anarchie der zzhbysjybajnwlkzzzzzwlgjaz

sie alle
gründen im verein von nichts & niemand
den zeichenkanal
das zeichenzillertal
das universum der zeichenzeichen

die geile allformel
die universität des absoluten

die hohen priester tragen es
das große es
das urzeichen und sein weltreich
auf händen auf lippen
unter talaren
im tabernakel
und einmal

es ist einmal

in irgendeinem jahr einem jahrtausend
einem jährchen jahrhundert
beim blutigen wettrennen aller antis und metas

darf das zeichen aus dem stall

und läuft singend
kreischend und betend
um sein leben

fritz mauthner

mutter wölfin die sprache
an ihrem gesäuge lehnt kein kind mehr aus rom

kein kaiser kein könig
spricht der mutterwolf

lang heult der sturm
milch ist verweigert
die wüste bellt
mond schweigt überm zahnfletsch

wilde zitzen hinter gittern
redekünstler ohne nabelschnur

mutter sprache kläfft im rudel

durch alle wände gerannt
hinter alle spiegel gekotzt

jetzt hinkt die hyäne

büchmann geflügelt I

wohl auf kameraden aufs pferd
schon ist die wilde jagd gesattelt
hier naht ihr wieder schwankende gestalten
der teufel frißt die fliegen auch im trab

die trauben freilich hängen ihm zu hoch
und durch sein nadelöhr zwängt sich ligeia
noch ist es nicht aller tage pferd
am scheideweg da tagt nun das gericht

fuchs du hast fontaine gestohlen
gib die leda her
denn nur der traum des schwans
erlöst uns von den mythen

büchmann geflügelt II

dem glücklichen schlägt keine stunde
die wacht am rhein erspart den zimmermann
unglück ist aller welten lohn
zimmermann halt die wacht

es geht ein schwarzer schreiner übers land
und schlägt die nägel in den sarg
der höllenhund folgt auf der archillesferse
und pfeift klapphornverse

es geht ein pfeifer durch die welt
mit einem pfeifen durch die welt
es hält ihn sicher hält ihn warm
und ewig singen die hunde
gott erbarm

büchmann geflügelt III

die erde sei uns leicht
die asche schwer

es ist freund zweibein mit der sense
common sense
er menschelt aufrecht er menschelt klug
und bricht am brunnen
wenn gottmutter ruft

mach dein geschäft und menschel wohl
dir schlägt es weder zwölf noch stunde

büchmanns best

gott schütze osterei
noch ost polen nocht verloren
habemus papam
habemus pipim

in jeden quark begräbt er seine nase

gott schürze waterloo

freudala

paar paar ehepaar
vater mutter kind und kind
ein sohn und eine tochter
klassisch klassisch

er liebt sie sie ihn frau mann
es lieben sich auch die geschwister
doch insgeheim
liebt vater seine tochter
liebt mutter ihren sohn
gegenpart gegenpart
liebt tochter ihre mutter
liebt sohn den vater
als fortsetzungsroman
gleiches mit gleichem

doch insgeheim insgeheim
ist sohn der rivale ist tochter rivalin
sind eltern rivalen
was also wenn wer wen liebt und rivalisiert
kinder an die macht
vater sohn ein maskulines bündnis
mutter tochter duomatriarchal

doch insgeheim insgeheim und klassisch klassisch
tötet der sohn den vater und schläft mit der mutter
ach wie die schwester da schaut

tötet die mutter die tochter und schläft mit dem sohn
da schau her
tötet die tochter die mutter und schläft mit dem vater
töten die eltern ihre kinder
um endlich miteinander schlafen zu können
töten die kinder ihre eltern
um endlich inzest inzest sein zu lassen
schluß mit mutter schluß mit vater
aber auch schluß mit tochter und sohn
und kreuzweise und paarweise
im symbolischen reigen

ach wie der onkel da schaut
wenn alle mit allen schlafen
und jeder jeden tötet

seelenlied

hsin li khaba
kokoro pneuma
neshama nepesh
logos ruah

tamashi sheishin
gemynd memini
nous anima ba
tamashi mind

men mon manas
gamunds minne
moneo akh

moneo akh

dadabox arthur cravan

1 lüriker der pfaust
knöchel aus licht
und in jedes fordernde gesicht
den leistenbruch schlagen
die lücke im gebiß als versmaß
ein cut als strophe
und der aufwärtshaken restlos ausgereimt

parabelanfang parabelende

den rechten handschuh
könne man an die linke ziehen
wenn man ihn
im vierdimensionalen raum
umdrehen würde

sagt die rechte nun umgestülpte hand
zur welt aller handschuhe
die sich nicht beschreiben läßt

wie hat die rechte hand
die gleichzeitig die linke ist
gefallen gefunden
an diesem handschuh gottes

ich bin meine welt
sagt die zecke zu uexküll
p q
p v q

die welt des glücklichen
ist eine andere als die des unglücklichen

glückliche welt der handschuhe
glücklose hand

apotheose für den zirkelschluß

eines dem anderen ausgeliefert

der fall / der welt
die gesamtheit der tatsachen / der welt
der fall / der gesamtheit der tatsachen
die sachverhalte / dem fall
die verbindung von gegenständen / dem sachverhalt

und ich und wir und ihr und du / dem fall
                                                        den tatsachen
                                                        der summe
                                                        von sachverhalten

dem einen sein anderes eingeliefert

(beigetragen von wiener kreis leitung)

poe permutativ

poe sitiv
poe pulär
poe sitano
poe lygam
poe sitron
poe poe
poe lyester
poe peye
poe poecatepetl
poe sition
poe spischil
poe mpfüneberer
poe meranze
poe lka
poe saune
poe tenz
poe tpourri
poe widl
poe stillion
poe lterabend
poe litik
poe dex
poe lizei
poe fel
poe lster
poe dium
poe ntifikat
poe lenta
poe lonaise
poe lyp
poe lover
poe mpös
poe made
poe ster

sym poe sion

hallo

bin nur
nur ein fadograph of yestern scene
ein vaterkropf der gesternskene
nurr oin lichtblitz aus der vergangenhaut
der plänkelsänger bin ich ja

joyciana I

es ist kein kunststück
hundert jahre alt zu werden
vorallem wenn man sie nicht erlebt

an einem zweiten feber erschaut man die welt
und verläßt sie an einem dreizehnten jänner
bei fliegeralarm
und mit einem zwölffingerdarmgeschwür

zürich fluntern und die tochter lucia
im irrenhaus sagt
was macht er denn da unter der erde
der idiot

geboren in rathgar geworden in dublin
und triest geblüht
aufgefahren ins freiwillige exil paris
sitzt er zur rechten odysseus
und singt vom irischen finn

sind Sie mitglied im martello club
herr jederbloom
um dem papifex kille kille zu machen

möge der jesuitische langmut währen
in ithaca

die mutige molly (joyciana II)

non serviam odysZeus
the novel to end all novels
enzyklops

welches war
nach aufhebung aller schweigepflicht
ihre abstammung
bloom svevo popperblum einviragiert

ach stanislaus die kreuzworträtselsucht
oh humphrey vicochico chimpden funferal earwicker

die geschichte sagt stephen ist
die kommunikation des künstlers ist
ein alptraum
nicht die kommunikation von ministerien
aus dem ich zu erwachen suche
daedal burgess double dublin dealing

möge dich meine muschi bemohnen

jeschuit freudfull mistake
lucidas augenleid metempsyCHOSE
recirculation der namen
fullstuff caesarsch ossiwilde buddhagra
adamned noah napoleo

mögen dich meine melonen belohnen

reitet im phoenixpark giambattista liffyfiffy
carollschuh edenerben
shaun se sich des an
die shemlose plurabestie
die kainzigartige abellaria
de dujardins

mögen dich meine monologe bekohnen

de yes end de no
de jajaichwilljaja

bloomsday doomsday bloomingtales (joyciana III)

nora wedelte jim
einen von der palme
sexcenter junei

in ringsend
gemütlich neinzähnhundertfor
tabernacle

wo leopold der irische
seine literahosentür mit masturbulenz feyert

nora pro nobis

herbtagst
(rilke auf ein gesundes maß gebracht)

zeit, es ist herr. der groß war sommer sehr
leg deine uhren auf die sonnenschatten,
und auf den winden laß die flure los.
zu sein den letzten früchten voll befiehl
gib ihnen noch zwei täglichere süden
vollend zur dränge sie und jage
die letzte schwere in das weine süß
wer jetzt kein baut hat haust sich keines mehr
wer jetzt lang bleibt wird sein alleine es
und wird hin her in den alleen blättern
wenn ruhig unwandern die da treiben

gesang der schwanengesänge

sagen Sie mir
geehrter herr von lyrik
wann nehmen Sie
den nächsten vers zum styx

schon winkt master lethe
mit ertrunkenen vokabeln
schon kehrt uns master charon
seinen rücken

geehrter herr
geehrte frau von kiryl
wann schlucke ich
den schnörkel bis zum grund

uns allen saust das pragma in den knochen
und füllt die blase mit dem anagramm

vorbei das ruder
das uns einmal küßte
vorbeistrich backwärts wenn die flunder ruft

geehrtes kind von phonem
so sitzen wir
so ritzen wir entzwei
in einem boot

der himmel salbt uns seine füße
die hölle schickt uns grüße in das bier
wir aber schweigen
bis der tag uns nächtigt
wir aber dichten
unser leck mit tür

eine vergebliche arie

eine vergebliche arie
vor zusammengerottetem publikum

————————————————lalala
————————————————lalala
————————————————lalala
————————————————lalala
————————————————lalala
————————————————lalala
—————lalala——————————
—————lalala——————————
la——————————————————la
la——————————————————la

eine zusammengerottete arie
vor vergeblichem publikum

gott wie gustav dur wie dora

nichts wie norbert
und aus norbert schuf gustav die welt
welt wie walter

gott wie gerda

vatsug wird erscheinen
aus dem trebron
und retlaw besingen

moll wie muse

marslieder

linkszwosiebenacht die front in uns
verschärft den schritt
so müssen so wollen wir sein
härter hart und querfeldein

denk an das dreibein
den dreizack den dreistern
schwachsinn dein name ist schrei
zwodrei

rechts schaut linksum
und in der heimat blühen die letzten rosen

sehr weit ist der hof
sehr groß ist der platz
er ist es auch in der nacht
habtacht

neun zehn die hände an die stirn
so küßt unser kinn den mond
einszwodreivierfünfsechssieben
liegengeblieben

mißverständnisse der ökonomie

geldschein geldschein
was bist du für ein grauer vogel
scheißt in den käfig

münzen münzen
was seid ihr schwere brüder
liegt auf der tasche

börse börse
was bist du feurig
jagst asche zu asche

neuro

es ist richtig
daß unter meinem hut die tiefkühltruhe schläft
falsch hingegen ist es zu behaupten
das das hirn in seinen zwei hälften
meine bundfaltenhose mit logik durchseucht

richtig ist
daß in meiner tiefkühltruhe das hirn schläft
falsch hingegen scheint es
daß uns die stahlgewitter das hirn härten
und die schwarze anarchie der lederhose
uns aufschub gewährt zwischen ist und scheint

das ist richtig richtig ist auch
daß meine kleidung aus fegefeuer besteht
falsch hingegen
daß die television keine tiefkühltruhe sein sollte
falsch auch
daß man sein steinernes herz
mit platon oder mayonnaise würzen könnte
richtig hingegen ist es daß dies alles falsch sei

toleranz

(betritt man den körper, benötigt man einen kompaß und ein wörterbuch und ein maßband für die hutschnur)

es geht über die hutschnur / und was kommt dann

es läuft über die gänsehaut / und wie gehts danach

es geht nicht hinein / und wie geht es raus

es steht nicht dafür / und woran liegt es

es springt mich nicht an / warum schleicht es fort

warum rennt es weg / warum rinnt es ab

es geht über die hutschnur / und darüber hinaus

aufrüstung papst abrüstung
zielgruppe leistungspaket libanon
pershing papst finanzhilfenspritze
saurer regen arbeitsplätze papst
friede steuerquote öko
nulllösung nulltarif papst
funktionäre fraktionen stimmverlust
kernschicht überläufer koalition
partner papst pittere pillen pittere pullen
umwelt arbeit freitzeit papst
verhandeln verkaufen verpulvern verkraulen
butterberg waldgrenze dioxin
frauengruppe kinderjause männerheim
wo bleibt aids
sinnsuche lebensversicherung schlanke linie
papst general präsident polizei
positiv negativ spitze super kontakt
iran irak eiserner vorhang golf krieg jogging
vitamine bikini atoll karibik grenada
molukken neger schwarze nager nigger papst
moslem muslim slim fast wo bleibt aids
papst 2000 wende hände petersplatz dompfaff
endlich aids atom und jerry

ansprache

sehr verehrte 62368546 und 2174
wir dürfen sie herzlich zu unserem 7634756 begrüßen
2786123 werden erzählen
wie sie 2487156 erlebten
danach kann es 32487124567 geben
anschließend dürfen wir sie zu einem 3612876 bitten
wir danken für ihre 876234

abwesenheit
(ist die perfideste form von anwesenheit)

ich schenke euch mein schweigen
sagt der schwätzer

ich verehre euch meine gesammelten werke
meldet das leere bücherregal

alle sind da
und niemand ist hier
sagt keiner

liebes nichts
laß dich nicht länger bezeichnen
bleib dort
wo du hingehörst
nämlich ins buch der rekorde

fröhliche himmelfahrt
und handkuß an den herrn papa

cave canem

schön ist es ein hund zu sein
und seine memoiren mit dem knochen zu schreiben
hinein in die erde

gesund ist es ein hund zu sein
und sein leben herauszubellen
hinauf in den himmel

ein richtiger hund sein
ein falscher hund sein

ein wahrer hund kennt sein vergrabenes X

nur zahlen ist schöner

10
9
11266451281981
88
1121241876567
777
0082348972487
6666
178126523654
55555
8982735123765
444444
8723467812587
3333333
18736457
22222222
1298127128123892982489598
111111111
1276512374630010100
0000000000

Index

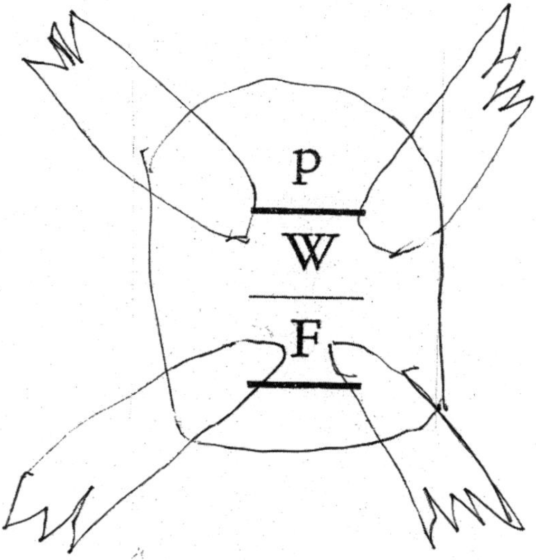
P
W
F